Lilian Sais

A cabeça boa

© 2025 Lilian Sais
© 2025 DBA Editora
1ª edição

PREPARAÇÃO
Eloah Pina

REVISÃO
Karina Okamoto
Paula Queiroz

EDITORA ASSISTENTE
Nataly Callai

DIAGRAMAÇÃO
Letícia Pestana

CAPA
Beatriz Dórea (Anna's)

Impresso no Brasil/Printed in Brazil
Todos os direitos reservados à DBA Editora.
Alameda Franca, 1185, cj 31
01422-005 — São Paulo — SP
www.dbaeditora.com.br

Dados Internacionais de Catalogação na Publicação (cip)
(Câmara Brasileira do Livro, sp, Brasil)

Sais, Lilian
A cabeça boa / Lilian Sais. -- 1. ed. -- São Paulo : Dba Editora, 2025.
ISBN 978-65-5826-101-8
1. Romance brasileiro I. Título.
CDD-B869.3 24-244783

Índices para catálogo sistemático:
1. Romances : Literatura brasileira B869.3
Eliete Marques da Silva - Bibliotecária - CRB-8/9380

Para a memória de meu pai.

Cabeça, cabeça, me ame, disse ele à sua cabeça.[1]
Russell Edson

Tudo é um galope de éguas revoltas
sobre o óxido dos campos da América do Sul.[2]
Delia Domínguez

1. Trecho do poema "Love", em tradução de Ismar Tirelli Neto.
2. Trecho do poema "Veo la suerte por las yeguas", em tradução de Carlito Azevedo.

Você sabe que quando começar a falar eles vão imaginar que você está sozinha. Você não está sozinha. A música triste ao fundo? Se toca, se toca... Você não precisa de música para dançar. Nunca precisou. Na verdade, sequer dança: você vai de um lado a outro apenas, de um lado a outro e aos poucos forma pequenos círculos, como se tomasse a sala com um enorme rodopio. Uma valsa improvisada. Eles não veriam diferença, mas há. Você está ocupando o espaço. Eles? Não fazem falta. Você preenche o espaço, para lá e para cá. Preenche tudo. Então você o conquista.

Que não apareçam aqui, façam o favor. Você não começou ainda. Eles não entendem.

Você mora no décimo terceiro andar do Baroneza, um edifício localizado em frente à linha de trem. É o último antes da fronteira. Chamam a região de "o vilarejo", e todos sabem do que se trata. Ao mesmo tempo, é difícil que alguém na comunidade saiba dizer como você foi parar exatamente ali, naquele prédio, situado na linha de frente de algo que não se pronuncia.

Você é a única moradora do imóvel. O espaço é suficiente: um pequeno hall de entrada, depois, à direita, uma cozinha pequena e estreita. À esquerda, a sala — mesa redonda, quatro cadeiras, a TV diante do sofá de dois lugares. E, aqui e ali, as poucas coisas que trouxe consigo na mudança: vasos com plantas diversas de que você não sabe o nome, além de samambaias e um quadro em preto e branco que mostra o contorno da América do Sul. Um corredor curto conduz ao quarto e ao banheiro. Ao todo, são cinquenta e três metros quadrados. Uma lâmpada por cômodo.

Às vezes o trem passa. Às vezes não passa. Quando ele passa, você olha.

Você não sabe bem para onde o trem vai, nem se as rachaduras na parede da sala têm a ver com a trepidação produzida por ele. Não compreende o motivo exato, mas intui que há algum mistério rondando aquele comboio, alguma mensagem dentro daqueles vagões ligados entre si e capazes de se movimentar sobre trilhos — desconhece o destino, é verdade, mas lá está ele, certamente indo, certamente determinado, certamente para algum lugar.

Você tem dificuldade de lembrar se já cruzou a fronteira, tanto que não saberia dizer de maneira exata o que há do outro lado. Gosta de pensar que são éguas. Tampouco sabe quem demarcou aquele limite, quem com um graveto traçou o risco no chão e disse que para cá é assim e para lá é assado. Também há éguas deste lado. Do décimo terceiro andar, você pôde observar quando, há duas noites, uma chuva assustadoramente forte tomou a rua, alagando tudo em poucos minutos. O trem não passou, mas sobre os trilhos alagados você viu o que viu. Era, cada vez mais, uma égua. Diferente do trem, ela não estava indo ou vindo, ela simplesmente estava. Sobre o limite, na fronteira, tomava a chuva, aceitava a chuva, molhava-se.

"Você está me ouvindo?"

Ontem pela manhã você foi até a janela de novo: queria saber da égua. Se ela tinha cruzado a fronteira, se estava indo ou vindo, se era de lá ou de cá. Mas não havia nada, nem égua nem trem, apenas trilhos. Então tomou seu café pensando como seria o próximo treinamento.

Caso qualquer morador do Baroneza note algo estranho na fronteira, precisa avisar aos demais e sinalizar para o vilarejo que há algum tipo de perigo, ainda que seja um perigo desconhecido. Manusear os sinalizadores nem sempre é fácil. Além disso, há todo o protocolo a ser seguido.

Os sinalizadores são de três cores: o vermelho indica que a situação é crítica e faz-se necessária uma ação imediata por parte do vilarejo; o amarelo, que é um perigo mediano; o verde, que houve uma ameaça, mas está tudo sob controle. Você não sabe se uma égua parada em cima dos trilhos inundados do trem se classificaria como uma ameaça, por exemplo, mas espera que as coisas fiquem mais claras no treinamento de hoje.

Você não soltou sinalizador algum na noite da chuva, os outros três vizinhos do seu andar soltaram. No entanto, também não houve acordo, já que cada um deles soltou um sinalizador de uma cor diferente, o que confundiu os moradores do vilarejo. Houve reclamações. Vocês eram quatro moradores no décimo terceiro andar e dali, daquela altura, tiveram interpretações completamente diferentes do ocorrido.

Ao final do treinamento, depois de o síndico, raivoso e enérgico, bater na mesa quatro ou cinco vezes, ficou decidido que, se houver uma égua parada sobre os trilhos inundados do trem, deve-se soltar o sinalizador amarelo, e isso serve para qualquer morador de qualquer andar — embora os moradores do décimo terceiro sejam mais cobrados pela vigilância, uma vez que têm uma visão panorâmica da fronteira.

Na saída do treinamento, você sobe as escadas ao lado do síndico e decide perguntar qual seria a cor do sinalizador no caso de aparecer um cavalo. Ele não havia pensado nisso. "Um cavalo?", pergunta. "Sim." "Ora, cavalos são úteis. Cavalos sempre são úteis."

Já de volta ao apartamento, ainda um pouco confusa, você acaba de responder à pesquisa de satisfação do pronto--socorro. Esteve lá antes da chuva, por causa de uma amigdalite. Clica no link movida pela curiosidade e nada além dela. Marca "muito satisfeita" nas perguntas a respeito das acomodações e das opções de entretenimento disponíveis no local. Isso, de certa forma, a transporta para uma noite, tantos anos atrás, em que você, muito jovem, estava sozinha no meio da madrugada, de pé, a poucos metros da fronteira, com a calça e os sapatos encharcados de urina. As lágrimas escorriam pelo rosto, numa gargalhada estrondosa e convulsionante que já durava mais de dez minutos e que parecia impossível de extinguir, por mais que você tentasse. Sua mãe tinha morrido.

Um dia, depois de meses internada, sua mãe abriu os olhos e encarou o teto branco do quarto. "É para lá que eu vou?", ela perguntou. Você olhou para cima. Pensou em responder "Não é o céu, mamãe. É o teto". Mas disse apenas que sim. Ela levantou as sobrancelhas. "Quero pintar o cabelo, cobrir os fios grisalhos. Quero que todos saibam, de longe, que vão enterrar uma mulher jovem." Então fechou os olhos de novo, e você soube que seria a última vez. Quis ficar, segurar a mão dela, estar presente, mas apenas beijou a sua testa e saiu.

Na sala de espera, três pessoas assistiam a uma corrida de carros, entre elas uma senhora que parecia muito angustiada. Ao ver você, ela apontou para a TV e declarou: "Viu? Estão dando voltas. São sempre as mesmas curvas".

Você saiu para procurar o seu pai e o encontrou de pé, fumando um cigarro em frente à entrada do hospital. "Você sabia que essa rua se chamava Travessa dos Ipês?", ele perguntou. "Não sabia." "Sabe o que é interessante? Nunca teve um ipê aqui." "Como é o nome agora?" "Antiga Travessa dos Ipês." "Mas se nunca teve um ipê aqui, esse nome não faz sentido algum." Ele deu de ombros, observando o canteiro do hospital, cheio de bromélias. Terminou o cigarro em duas tragadas. Depois, perguntou se você estava com fome.

No fim da tarde, uma parte da família que você nunca tinha visto começou a chegar ao hospital. Você ficou com a impressão de que eles eram de fora do vilarejo, mas não disse nada. "E você, quem é?", perguntou uma tal de, digamos, prima Juliana. "Sou a filha." "Filha de quem?" "A filha dela... e do papai", você disse, apontando para ele. Prima Juliana pareceu não entender bem. "Filha de quem?", ela insistiu. "Dos meus pais", você respondeu, bastante transtornada. "Ah!", ela concluiu, "Compreendo. É uma de nós."

Você estava ao lado do bebedouro. Prima Juliana se dirigiu a ele com uma garrafa de vidro, de cerca de um litro, na qual se lia: "Aqui o corpo alcança o que a mente acredita". Ela hesitou. Procurou algumas moedas, inseriu no bebedouro e precisou escolher entre um dos três botões: água natural, água fria e água gelada. Após encher meia garrafa, ela sussurrou no seu ouvido: "Você sabia que o seu pai capotou o meu carro de recém-casada no dia das minhas bodas? Com as latinhas e tudo, e um monte de pães recheados lá dentro, para o coquetel". "Deve haver algum engano", você disse. "Papai nunca capotou um carro." Então prima Juliana, rindo, respondeu: "Sim, sim. Acredite, o seu pai capotou muitos carros". "Nem há tantos carros aqui", você disse. Então ela não falou mais nada.

Em casa, tarde da noite, você não conseguia parar de pensar no que prima Juliana dissera sobre seu pai. Queria saber mais sobre ele e sobre o que havia além da fronteira. Então o questionou sobre acidentes de carro que ele tivesse sofrido. "Que tipo de acidente?", ele perguntou, intrigado. "Capotamentos", você explicou. Ele ficou muito sério por um tempo. "Capotamentos?" "Sim. Quando um veículo gira em torno de si mesmo." "Ah, sim." E depois de um breve silêncio, ele completou: "Como um planeta".

Um silêncio tomou a sala. Foi quando o telefone tocou e você atendeu. Dali você via o Baroneza, e ele parecia longe. De repente, passam-se os anos e você está dentro dele, olhando pela janela as rodas do trem, dando voltas em torno de si — você e elas mesmas, minúsculos planetas.

Eis que tantos anos depois a sua prima Juliana liga para você. Pergunta se o jantar na sua casa está confirmado. Você não sabe de que jantar ela está falando, mas gosta da ideia, então diz "Sim, Juliana". Pronuncia o nome inteiro para soar contundente. À tarde ela volta a ligar: "Quer desmarcar?". Você responde: "Mas eu já não confirmei?". Ela diz que sim, mas que você pareceu muito cansada, ela não sabe o motivo. Ela não sabe o motivo? "Exausta", você diz. "E então?", ela pergunta. "Confirmado", você responde, dando a conversa por encerrada. Mas ela volta a responder: "Sim". Você diz: "Não perguntei". Ela indaga: "O quê?".

Você pensa que viver é isso, só que tomando copos d'água. Pensa que bem que poderia dar mais conselhos como esse, sobre a vida, saúde, bem-estar. Você é capaz de formular vários. Vai muito a médicos. Acha uma coisa boa.

Desde a aparição da égua sobre os trilhos inundados, você tem tido sonhos perturbadores. Acorda com dores no nariz. No hospital, em frente à capela, dr. Afrânio o examina longamente e conclui que você o quebrou. "Qual dos dois?", você pergunta, antes de começar a rir. Não havia sintoma de vista dobrada ou de qualquer outra coisa que fosse: apenas uma dor forte no seu único nariz. Você se mantém cética. "Não me lembro de ter sofrido nenhuma pancada no nariz." Ele respira fundo — parece ostentar que consegue fazê-lo sem sentir qualquer dor — e diz: "Há alguma coisa que você queira me contar? Alguma coisa que esteja acontecendo, por exemplo, na sua casa?". Você ri de novo, e cada vez que ri seu nariz dói mais. O que poderia acontecer na sua casa?, você se pergunta, enquanto os sinos da igreja anunciam o meio-dia. "Doutor, eu não sofri nenhum tipo de pancada." E depois de pensar um pouco, conclui: "Só se bati o nariz sozinha, enquanto dormia". Ele pensa e diz que é algo muito comum de acontecer com recém-nascidos. "Está explicado", você responde, e sai do consultório com uma leve sensação de conforto.

É uma terça-feira densa. Você acha que é quinta. O mesmo mau hálito de manhã, o mesmo cansaço, e deus mais uma vez não veio. Densa, densa, uma terça-feira dessas que não se esquece. Você passa em frente à única floricultura do vilarejo e pensa em comprar algumas plantas para a casa. A fachada diz apenas "Floricultura", justamente por ser a única. Ela fica diante do cemitério, pois há no vilarejo certo senso de praticidade. Além disso, quase todos os moradores se locomovem a pé, de bicicleta ou bonde e, quando precisam sair do vilarejo, de trem. Por isso, é melhor que na mesma quadra estejam o cemitério, a floricultura e a funerária, como é o caso.

Você entra na loja e de imediato a atendente diz "Meus pêsames". Você a corrige: "Vim apenas comprar plantas para minha casa". Ela olha para você perplexa. "Uma planta?" Você não entende o motivo de ela estar tão surpresa. "Sim, uma planta. Ou duas", você diz. A atendente diz para você ficar à vontade e vira as costas. Por um momento você pensa que só encontraria ali coroas de flores, mas assim que olha para a esquerda vê uma planta que, de imediato, lhe agrada, só que ela é quase do seu tamanho. Você decide levar mesmo assim — não era cara e seriam poucas quadras de caminhada até o Baroneza.

Quando chega em casa e deixa o vaso com a planta no chão, você nota que ele forjou um vergão gigantesco no seu antebraço direito. Agora você olha para esse vergão, como se ele quisesse dizer alguma coisa. Você pergunta para ele: "Você quer me dizer algo?". Mas ele não responde.

É verde como a planta.

Você olha para o seu braço. Daqui a alguns dias o vergão que acaba de nascer começará a sumir, como a mamãe, como o trem. Como a égua. Esse pensamento a entristece. Já perdeu tanta coisa, agora isso. Viver, de todo modo, vive-se. Mas a que custo? É difícil dizer.

Você pensa que num dia some o vergão, no outro a pessoa se olha no espelho e percebe que já não tem uma das pernas ou nenhuma fonte de açúcar, nada que lhe ative a serotonina. A cafeteira, no entanto, segue firme sobre a bancada, produzindo seu café amargo e estável. Dr. Afrânio recomendou que seja no máximo uma dose de 200 ml por dia. Você perguntou se eventualmente não podia ser uma dose de 300 ml. Ele disse que não. "Se você quer mesmo ser saudável, você precisa ter força de vontade."

Dr. Afrânio é um homem seco. Não lhe concede nada.

"No seu próximo livro? Vou existir enquanto você estiver escrevendo o seu próximo livro?"

Você acorda de um cochilo sentindo pontadas no pescoço. Leva a mão até ele e apalpa um pequeno inchaço. Por um momento, cogita tratar-se do seu nariz que, além de quebrar, teria se deslocado. Vai até o espelho, o nariz está onde devia estar. Tudo devia ser assim, você pensa, ter a dignidade desse nariz quebrado.

Enfim vê o inchaço no lado direito do pescoço. Ouve um barulho, é o trem. Quando chega à janela, ele já está fora do seu campo de visão. Volta para a frente do espelho, que reflete o seu desânimo. O inchaço dói — agora, aliás, dói ainda mais do que antes.

Você não precisa andar muito para chegar à farmácia. Há várias na fronteira. Os preços dos medicamentos não variam entre uma e outra. Diante do balcão, pensa que o tempo é como um trem. Às vezes parece que passa, às vezes parece que não passa. Mas então ele passa. Fala consigo mesma: "Só esse agosto que não passa nunca". O atendente, muito solícito, imediatamente responde: "Mas já estamos em setembro! Hoje é dia dez". Você olha para ele e vê uma pessoa prestativa, claramente hidratada. Pergunta: "Quantos copos de água você toma por dia?". "Desculpe?" E, depois de considerar um pouco: "Depende do tamanho do copo, eu acho". "Justo", você responde, dando-se por satisfeita.

A verdade, no entanto, é que gostaria de ter um número exato. Em copos... em garrafas... em litros... Gostaria de formular conselhos de vida, saúde e bem-estar que fossem realmente úteis. A chave é a precisão, sempre. Você pensa que pode ser uma boa ideia usar como medida um copo americano, como nos bares. No fim das contas, tudo é questão de adoçar a pílula.

Você chega em casa com dois calendários magnéticos da farmácia. Foram brindes. Coloca-os um ao lado do outro na porta da geladeira. Só depois percebe que esqueceu os analgésicos sobre o balcão de atendimento. Hesita um pouco.

É tão difícil se lembrar das coisas. Há coisas de que você se lembra bem, claro. Mas em geral estão distantes de agora. Por exemplo, lembra bem que, dos seus sete aos dez anos de idade, era seu pai quem a levava até a escola. Iam caminhando, à esquerda da linha do trem. Assim que saíam pelo portão, ele apontava o número da casa de vocês. Depois apontava o número da casa ao lado e pedia para você subtrair. E então, para somar o número da casa seguinte. Dizia que na vida o mais importante era trabalhar a cabeça o tempo todo. "A cabeça é como um músculo, se não exercitar fica frouxo." Não anotar nada em papéis, não ter agenda, saber todos os números de telefone de cabeça.

Vocês de mãos dadas.

Às vezes, no caminho, você via as outras crianças pulando amarelinha. Seu pai ia repetindo os conselhos entre as operações matemáticas que fazia com a numeração de cada casa, até chegarem em frente à sua sala de aula. Nas contas mais fáceis, ele pedia para você dar o resultado. Ele dizia que, se você fizesse isso sempre, teria, a vida toda, a cabeça boa. Como a dele.

No fim, você acha que pulou amarelinha poucas vezes, mas sabe brincar. Foi seu pai que ensinou. "Não pode pisar fora da casa, nem na linha. Os jogadores devem pular casa por casa. Em cada quadrado vai apenas uma das pernas. Não podem pisar na casa que estiver com a pedra quando estiverem indo para o céu. Os jogadores devem ter a sua própria pedra. Do céu ao inferno, pulando quadrado por quadrado, devem recolher a sua pedra e levá-la consigo — sem perder o equilíbrio", papai colocava bastante ênfase nisso.

"E o mais importante", ele falava muito sério e compenetrado: "Depois de chegar ao céu, os jogadores devem voltar".

"Ei, você! Está me ouvindo?"

O hospital está lotado por causa de um surto de dengue no vilarejo. Após duas horas e trinta e sete minutos de espera, você é chamada pelo médico da noite, dr. Otávio, que a conduz à sala de atendimento do pronto-socorro. Você explica que está com muita dor no pescoço, onde se nota um pequeno inchaço, do tamanho de uma azeitona — ou de meia bola de tênis, você não sabe, não é boa com proporções. "Dor no corpo é dengue", ele diz. "Mas só me dói o pescoço", você explica. "O pescoço faz parte do corpo, e dor no corpo é sintoma de dengue", ele responde. Você aponta para a região inchada. Ele apenas diz, categórico, que nunca se sabe. Então pede que você faça um exame de plaquetas, para confirmar. As plaquetas estão normais. Dr. Otávio diz: "De fato, hoje você não está com dengue, mas volte amanhã para repetir o exame. Amanhã você vai estar com dengue".

Começa a chover novamente. Sem guarda-chuva, você vai para debaixo da primeira marquise que vê, como qualquer pessoa que não deseja pegar gripe. Um ou dois minutos depois, um homem para ao seu lado, já todo molhado. Ele fica olhando para você. Quer mostrar que, embora não pareça, tem familiaridade com a fronteira, deixar claro que ele possui um conhecimento que você não tem. Então pergunta: "Você não é daqui, é?". Você faz que não com a cabeça, mas não sabe o porquê. Sem que você tenha perguntado nada, ele diz que logo passa. "Aqui é assim, despenca do nada, mas é chuva passageira, dez minutos no máximo." Você se sente estranhamente impelida a demonstrar uma simpatia que (deus o sabe!) não tem. Pergunta se pode acreditar no que ele diz, ao que ele responde: "Nessa idade, você ainda acredita no que um homem diz?", e atravessa a rua, pulando as poças como um sapo.

Se esta for uma história linear, você decidirá ligar para a prima Juliana. "O jantar, podemos combinar para amanhã?" "Ué, achei que estivesse confirmado." "Estava, mas meu pescoço dói, tive que ir ao médico." "E então?" "Parece que é uma pré-dengue." "Pré-dengue, o que é isso?" "Não sei ao certo, mas não parece muito bom." "De fato." "Então, amanhã?" "Sim." "Amanhã. Você avisa os outros?" "Sim." "Amanhã." "Foi o que disse." "Você disse sim." "Você disse amanhã." "Sim." "Agora você disse sim." "E você disse amanhã." "Então amanhã." "Amanhã." "Está bem." "Está bem." "Está bem." "Sim."

Com fortes tonturas e o inchaço no pescoço já quase do tamanho de uma bola de tênis — supõe-se —, você chega mais uma vez ao hospital do vilarejo. De imediato o dr. Otávio pede um exame de sangue, para descartar as coisas mais simples.

Você está deitada sobre a mesa de um consultório. "Não há uma maca?", você pergunta, mas está sozinha na sala. Na parede, acima da mesa, estão pendurados cerca de dez relógios. Você consegue ver, em torno da mesa, várias cadeiras vazias. Tenta somar os diferentes horários que cada relógio marca, subtraí-los. Não consegue. Então conduzem você à sala de exames.

Você aguarda algum tempo até que entra pela porta uma moça. Trêmula, ela diz que está no treinamento de enfermagem e que é a primeira vez que vai pegar uma veia. "Que assim seja", você diz, muito amável, na tentativa de fazer com que ela fique calma (e, com sorte, menos trêmula). Após dezoito tentativas frustradas de pegar a veia (e você deixou claro que servia qualquer uma delas), você pergunta à jovem por que ela quer se tornar enfermeira. Ela responde: "Mas quem disse que eu quero me tornar enfermeira?".

"Eu ainda existo?"

Enquanto aguarda o resultado dos exames, você se dirige à parte externa do hospital, onde observa o canteiro com as bromélias, cheias de água por causa das chuvas cada vez mais frequentes. Então lhe ocorre que o próprio canteiro do hospital é, há anos, o foco de dengue do vilarejo. Você leva a mão ao bolso, mas percebe que está sem sinalizador. Depois pensa melhor: você está na rua, não no Baroneza. A rua não é lugar para sinalizadores. É quando chamam o seu nome. Você retorna à sala do dr. Otávio e pergunta o que os exames disseram. "Que bobagem", ele responde. "Os exames não falam."

"Afinal, o que eu tenho?", você pergunta ao dr. Otávio, depois de mais de uma hora de consulta. Quando vai dar o diagnóstico, ele espirra sem parar, como se anunciasse a chegada da primavera. Você diz que precisa do diagnóstico. Os espirros rebentam sem aviso, interrompendo a fala cuidadosamente elaborada sobre os sintomas, o diagnóstico, as suas possíveis causas. Por fim, ele desiste e lhe entrega uma receita de analgésicos. Diz "Vai ficar tudo bem", enquanto acompanha você, relutante, até a porta.

O dia se impõe. Você não sabe dizer se dormiu, nem que horas são. Sabe que sente fome, por isso está em uma lanchonete. De repente vê uma mulher com uma mancha vermelha na altura do peito. Sangue, você pensa. Deve ter sido um atirador. Olha ao redor. Ninguém parece estar ciente do que se passa. Você corre até a mulher. Ela ergue os olhos, está assustada. Você pergunta pelo atirador. Insiste. "O atirador! Onde está o atirador?" Mas ela não diz nada, apenas pega o guardanapo e limpa o que agora parece ser apenas uma pequena mancha de ketchup. Envergonhada, você sai da lanchonete e procura o número de cada casa e de cada prédio. Erra as somas. Então conta os próprios passos pela rua. Tenta calcular quantos passos faltam para você chegar ao Baroneza. Quando chega, adormece e sonha com seu pai. Não se lembra bem do sonho, mas sabe que ele sorriu e disse que você sempre confunde manchas de ketchup com sangue quando está sentimental.

O calor está mais forte a cada dia, por isso você veste um top para ir à venda. Na fila do caixa, enquanto você passa as compras para o jantar, um senhor de cerca de sessenta anos, que está atrás de você (sem camisa), diz que você não devia estar mostrando parte da barriga. "Não tem mais o peso nem a idade para isso." O caixa, sem saber como agir, murmura o que parece um pedido de desculpas.

Você está na cozinha, fazendo um chá. Um senhor desconhecido abre a porta do apartamento onde você mora. Entra até a metade da sala, quando afinal se detém. Examina a pouca mobília — o sofá, o mapa da América do Sul. Não parece satisfeito. Você pergunta o que ele está fazendo ali. "Eu moro aqui", ele diz. Você responde que deve haver algum engano, pois mora no apartamento há mais de um ano. Ele então lhe pergunta em que ano você acredita estar. Você responde, e ele estica os lábios para os lados, como se sorrisse.

"Você está me ouvindo?"

Você pensa que talvez a entrada de um estranho no seu apartamento possa ser motivo para usar o sinalizador vermelho. No entanto, não quer fazer alarde e, além disso, preparou chá suficiente para duas pessoas. Então você o convida para sentar. Ele fica surpreso. "Achei que você soubesse que eu não tomo chá." "Mas eu não conheço você." "Se não me conhecesse, por que me chamaria para tomar chá?"

Você admite para si mesma que ele tem um ponto, mas não consegue interpretar bem as atitudes — nem as suas, nem as dele. Toma sozinha o chá indicado pelo dr. Afrânio no mês anterior. Depois, caminha pela casa, e é como se o homem não estivesse mais lá. Então você para diante do quadro pendurado na sala e nota que as rachaduras estão organizadas em torno dele, formando uma espécie de moldura.

Você sempre conversou com plantas e nunca esperou que elas respondessem. Até agora. Descobre que elas não são tão boas contadoras de história quanto os humanos. "Como se as suas histórias fossem muito interessantes", respondem as samambaias.

Você queria ser apenas escritora, mas todos os meses chegam na sua casa papéis com códigos de barra, que você descobriu há anos que precisa pagar. Por isso, mesmo estando com dor, trabalha em um escritório. Todos os funcionários realizam as suas funções em computadores. De repente, a luz acaba. Investigam-se as causas, a falta de energia, o gerador que não funciona — das janelas, todos olham para a fronteira. Não há nada.

Descobre-se, afinal, que a luz não voltará antes das oito da noite. É uma e meia da tarde, o expediente vai até as seis. Vocês não têm o que fazer ali, sem energia, então perguntam ao chefe se podem ir embora. Ele diz que não podem.

Por sorte, alguém tem um baralho na mochila. Jogam durante cerca de doze minutos, até o chefe avisar que não podem jogar baralho no horário do expediente. Perguntam o que devem fazer ao longo de toda a tarde, sem energia elétrica. Ele ordena que sentem nos seus lugares, olhem para a frente e façam o trabalho. Mentalmente.

"Como disse Einstein, eu só estou onde estou porque caminhei sobre os ombros de gigantes: vocês." A fala é do seu chefe, que decide improvisar uma palestra motivacional no fim do dia. Alguns funcionários tentam puxar uma salva de palmas.

"Achei que você vivia de renda."

Há tempos você não vê o seu pai. De repente, se lembra de como, com a idade, ele foi perdendo a visão, mas seguiu dirigindo. Certo dia, debaixo de chuva forte, um policial da fronteira, vestindo um colete sinalizador laranja, pediu para que ele parasse o carro. Seu pai continuou acelerando, como se o homem não estivesse ali. Você perguntou então se ele não estava vendo o policial. Ele disse que claro que estava, e parou abruptamente o carro. O policial pediu os documentos e ficou encarando o seu pai. Perguntou mais de uma vez se estava tudo bem com ele, ao que ele respondeu que sim, estava tudo bem. Poucos minutos depois, o homem liberou vocês. Quando o carro se afastou um pouco, você perguntou ao seu pai se ele não tinha visto o policial. "É claro que eu vi", ele disse. E, depois de uma pausa, continuou: "Achei que era um cone".

"Amanhã? Vou existir amanhã?"

Você achou que aquele era um bom momento para voltar a falar com seu pai sobre capotamentos. No início ele desconversou, depois é como se tivesse sido tomado por um tipo de orgulho. "Foram seis ou sete carros apenas." E completou: "Mas nunca foi por culpa minha". Então ele assumiu um ar de ensinamento e disse, muito sério: "Às vezes o melhor que pode nos acontecer é ver o mundo como ele é". "E como é o mundo, pai?" "Assim", ele disse, olhando para a fronteira e fazendo um gesto incompreensível.

Sem saber o motivo de levar no pescoço uma bola de tênis, você entra no ambulatório e encontra um médico que nunca havia visto antes. Com uma expressão de seriedade, você começa a falar com um sotaque estrangeiro, sem nenhuma razão aparente. As palavras fluem da sua boca como se tivessem viajado por muitas estradas empoeiradas para chegar até ali, como se cruzassem a linha do trem. O médico tenta entender se isso é um sintoma de algo mais sério, enquanto você continua a conversa com um sotaque que não parece estar de acordo com os dados da sua ficha, que dizem que você nasceu na região da fronteira. "De onde vem esse sotaque?", ele pergunta. Mas você não sabe a que sotaque ele se refere.

Quando chega em casa, nota que a televisão está ligada. Está passando uma reportagem sobre um cantor que capotou o carro e saiu sem ferimentos. Entre lágrimas, ele diz ao repórter que tinha nascido de novo. Seu pai, bufando, desliga a TV. Depois olha para você e diz, muito sério: "Renascer, por capotar um carro? No máximo, ralam-se as mãos". E tira do bolso do casaco livretos de palavras cruzadas. É só aí que você percebe que não está sozinha. "O jantar!", você diz. "O jantar."

Você abre a porta do quarto. O homem desconhecido está sentado na beira da cama, olhando para a janela. Você pergunta se pode ajudá-lo de alguma forma. Ele apenas aponta para a cortina. "Essa cortina é simplesmente... inverossímil", ele diz. "Mas isso não é um cenário. É a minha casa", você responde. O homem levanta a sobrancelha, como se estivesse surpreso. "Interessante", ele diz.

Depois de certa idade, você começou a ter medo de botijões de gás. De que explodissem. Ocorre que na fronteira não há gás encanado e, nesse apartamento, o botijão fica dentro da cozinha, ao lado do fogão. Às vezes, no meio da noite, você levanta da cama e vai até perto dele. Fica olhando, inspecionando a mangueira, tentando diagnosticar alguma falha. Aproveitando que prima Juliana não chegou ainda, você resolve confessar o medo ao seu pai. "Tenho medo de que o botijão exploda do nada", você diz. Ele responde: "Pode ficar tranquila. Um botijão de gás nunca explode". E completa: "O que explode é o ambiente em torno do botijão de gás".

Você está decidida a fazer pães recheados para o jantar com a prima Juliana, por isso acorda cedo, vai ao mercado e compra todos os ingredientes. Quando abre a embalagem do fermento biológico, vê que ele está embolorado. Não dá tempo de ir à venda de novo, voltar e preparar o pão. Você decide improvisar um macarrão. No meio do jantar, prima Juliana comenta que você não demonstrou ser atenciosa com ela. "Nunca lhe ocorreria, por exemplo, cozinhar o pão recheado de que eu gosto."

Seu pai lhe pergunta o que é o inchaço no seu pescoço. Você responde que não sabe, mas que tirou as medidas e supõe que seja uma bola de tênis. "Mas, querida, você não joga tênis."

Em certo momento, você perguntará à prima Juliana se um dia essa dor passa. Ela vestirá uma feição muito séria no rosto e dirá que sim, que a dor sai aos poucos, no xixi. Então você irá ao banheiro e, enquanto estiver sentada na privada, prima Juliana abrirá a porta e logo começará a gritar: "Não, pelo amor de deus! Não é assim que se faz xixi, Lilian!".

Você nota que o homem desconhecido está sentado no sofá, alisando as folhas da samambaia. Ele balança a cabeça. Conversam, ao que parece. Mas você não consegue ouvir o que dizem. Ele olha o quadro, o seu entorno, as rachaduras formando mais que uma moldura, delineando o que pode ser o início do desenho de um jogo de amarelinha. De repente, o homem levanta. Tem duas raquetes de tênis em cada mão. "Vamos?", ele diz, dirigindo-se à sua mãe. Ela sorri, acha uma boa ideia. Seu pai também pega uma. "Onde está a prima Juliana?", ele pergunta. "Juliana?", chamam todos. Ela aparece segurando o frasco da colônia que você costuma usar. Está cambaleando um pouco. "Esse perfume é péssimo, Lilian. Me dê uma taça do Casillero del Diablo, por favor. Não me diga que você não tem ao menos duas garrafas do Casillero del Diablo! Ora, sirva-me um drinque." O homem desconhecido interrompe: "Você vai ter que jogar, Lilian. Você e seu pai, eu e sua mãe". "Mas onde vamos jogar?", você pergunta. "Ora, que pergunta tola. Tênis é um esporte jogado em quadras específicas para isso. Por aqui, senhores", ele diz, conduzindo vocês até o banheiro.

Você e seu pai estão do lado de dentro do box. O homem desconhecido e sua mãe, do lado de fora, em frente à pia. "Esse box pode ser a nossa fronteira", o homem desconhecido diz, rindo. Você pensa que deve ser isso, você e seu pai provavelmente estão vivos, sua mãe e o desconhecido devem estar mortos. É pela vida que você segura essa raquete, mas é difícil defender, só com raquetes, a vida.

A certa altura, seu pai segura o seu braço e diz: "Eu sou um viajante, filha. A vida inteira, um viajante". E abre o chuveiro. A água vai, aos poucos, subindo. "É assim que começa um naufrágio. Com muita água", ele diz, como se estivesse brincando. Com a água pelo pescoço, vocês precisam de mais força nos braços para rebater as bolas. O jogo está empatado. Sua mãe joga a bola para cima. Ela vai sacar. De repente, se interrompe. Pergunta se você serviu o drinque da prima Juliana. O tom é de repreensão. Você diz que precisam terminar o jogo primeiro. "Mas, querida, já falamos sobre isso hoje. Você não joga tênis."

Você vai à cozinha buscar gelo para fazer drinques. Tira uma pedra da forma e ela imediatamente se transforma em uma égua. Tira uma segunda pedra de gelo da forma, ela também se transforma em uma égua. Ocorre o mesmo à terceira e à quarta.

Como o apartamento é pequeno, você põe a forma de volta ao freezer. Então olha pela janela e nota que a fronteira, estranhamente, está bastante mais próxima que o habitual. "Ou o Baroneza está se movendo", você pensa, "ou a fronteira está vindo em nossa direção."

Você tem dúvidas se o movimento da fronteira ou se éguas dentro de casa também exigem que você acenda o sinalizador amarelo. O síndico foi claro: o sinalizador amarelo era para o caso de haver uma égua sobre os trilhos inundados do trem. É muito difícil compreender certas regras.

Seu pai pergunta se algo está acontecendo na cozinha. "Sim", você responde. "Vim buscar pedras de gelo, mas elas se transformaram em éguas." "Ah, que interessante", ele diz. "Será que já comeram?", pergunta, puxando uma cadeira. "Não comemos ainda", a primeira égua responde, a caminho da mesa.

Não há espaço para todas as éguas ao redor da mesa.

"Isso não é um acontecimento", diz o homem desconhecido, no canto da sala.

Você explica ao homem desconhecido que, tecnicamente, seu pai e sua mãe são fantasmas. "Estão mortos?" "Sim, creio que sim." "Não há nada que indique isso." "Na verdade, eu menciono a morte da mamãe logo no começo." "Você diz que você e seu pai estão vivos." "Não. Eu digo que provavelmente estamos vivos."

"E a prima Juliana?"

"Não tenho certeza, mas acho que ela sempre bebeu muito."

Afinal, você pergunta: "Quem é você?".

Ele sorri, com uma complacência que você não compreende.

O síndico, que mora no apartamento debaixo do seu, interfona, pergunta o que está acontecendo. Diz ouvir barulhos estranhos no assoalho. "Estamos dançando." "Parecem trotes." "Não são trotes. Isto é um trote", você diz, colocando o interfone no gancho.

O síndico insiste e bate à porta. Ele pergunta de novo o que está acontecendo. "Não parecem passos de dança", alega. Você explica que não são bons dançarinos e poderia convencê-lo facilmente disso, supõe. Mas o homem vê, atrás de você, uma das éguas passando. Assustado, aponta para a égua, sem articular uma palavra. "Isso? Não, não. É só água. Água em estado sólido." "É assim que você chama isso?", ele pergunta, ainda apontando para a égua. "Na verdade, essa eu chamo de Madalena", você responde.

Ele permanece em silêncio.

Você ouve um barulho na cozinha. A égua caçula está sobre a geladeira. Bufa muito. Não parece confortável. Também não parece que vá conseguir descer sozinha.

Madalena de repente grita: "A prima Juliana está mordendo a mangueira do botijão de gás!".

O síndico, afinal, recupera a voz, embora os olhos se mantenham exageradamente arregalados.

"Deve haver uma explicação... uma boa história por trás... disso, certo?" "Sinceramente, não sei. O homem desconhecido não está satisfeito, e ontem mesmo as samambaias reclamaram."

"Por deus! Como assim? O que é isto, Lilian?"

"Isto, meu bem, é um show de humor."

A autora agradece a Ismar Tirelli Neto, Ricardo Terto, Leandro Rafael Perez, Olívia Viana, Beatriz Malcher, Gabriel Gonzalez, Jamesson Buarque, Laura Cohen Rabelo, Paulo V. Santana e Veronica Stigger pelas leituras, sugestões e impressões compartilhadas ao longo da escrita deste livro.

FONTES
Fakt e Heldane Text
PAPEL
Pólen Bold
IMPRESSÃO
Gráfica Santa Marta